LA REBELIÓN DE LAS PALABRAS
D. R. © del texto: Andrea Ferrari, 2004
D. R. © de las ilustraciones: Carlus Rodríguez, 2004
Primera edición: 2013

D. R. © Editorial Santillana, S. A. de C. V., 2016
    Av. Río Mixcoac 274, piso 4
    Col. Acacias, México, D. F., 03240

Segunda edición: julio de 2016
Primera reimpresión: octubre de 2016

ISBN: 978-607-01-3071-7

Impreso en México

Este libro terminó de imprimirse en Octubre de 2016
en Editorial Penagos, S.A. de C.V., Lago Wetter
núm. 152, Col. Pensil, C.P. 11490, México, D.F.

www.loqueleo.santillana.com

SANTILLANA

La rebelión de las palabras

Andrea Ferrari

Ilustraciones de Carlus Rodríguez

loqueleo

A Inés, que me ayuda a evitar
que se rebelen las palabras.

Prólogo

Durante mucho tiempo se creyó que las personas hacían juegos con las palabras. Sin embargo, recientes investigaciones han demostrado que es exactamente al revés: son las palabras las que hacen juegos con las personas. Se ha descubierto también que ellas son caprichosas, extremadamente vanidosas e incluso maleducadas, por lo cual se recomienda extremar el cuidado en su manejo.

Las palabras desean, por sobre todo, ser tratadas como reinas. Si por ellas fuera, la gente debería andar haciendo rimas o sonetos en cada esquina. Les gusta que los chicos rían hasta tener ataques de hipo con los cuentos humorísticos y tiemblen con las novelas de terror, que los novios se declaren su amor en verso y que todo el mundo pierda el sueño devorando letras en las madrugadas.

Adoran especialmente que los poetas sufran por ellas soñándolas más perfectas de lo que nunca podrán ser.

Pero como son malhumoradas a cada rato se enojan porque les molesta el uso común y corriente que la gente les da. No soportan frases como "Me duele el dedo gordo del pie" y mucho menos aún "Probables lluvias y lloviznas, mejorando hacia la noche".

Entonces planean venganzas. A eso se debe, por ejemplo, que a veces tengamos dos días una palabra en la punta de lengua y no logremos soltarla. O que digamos exactamente aquello que no debíamos decir en el momento menos oportuno.

La historia que van a leer ahora trata justamente de estos juegos que las palabras hacen con nosotros. Si se atreven a leerla, claro, porque la cuestión ha resultado ser extrañamente peligrosa. Ya verán.

ANDREA FERRARI

Capítulo 1

Imagino que ustedes acaban de posar sus ojos sobre estas líneas de un modo inocente y despreocupado. Confían en que ésta será simplemente una historia más. Pero yo me veo obligado a hacerles una advertencia: piénsenlo bien, tal vez prefieran no leer este relato. Piénsenlo bien, insisto, porque lo que voy a contar aquí es un secreto que muy poca gente en el mundo conoce y, entre ellos, casi ninguno se atreve a mencionarlo. Temen sus misteriosos efectos.

Ya algunos se estarán preguntando por qué entonces yo quiero hablar. Todavía no puedo explicarlo, pero si siguen adelante pronto lo van a saber. Después ustedes serán libres de decidir si lo cuentan o lo callan para siempre. Verán que tengo mis razones para pensar que van a elegir el silencio.

Puedo adelantarles por ahora que se trata de un problema muy serio descubierto en la familia Clum: a ellos se les rebelan las palabras. Sé que suena extraño, pero es estrictamente cierto. Las letras cobran vida y actúan por las suyas, de forma independiente al dueño de la boca que las produce. Claro que si uno les pregunta, los Clum lo niegan enfáticamente. Son capaces de reírse a carcajadas y hacer bromas sobre una idea tan absurda. A quien no los conoce pueden parecerle sinceros. Es que lo hacen realmente bien: están acostumbrados a fingir para evitar que las cosas empeoren. Porque una de las características del mal de las palabras es que puede sobrevenir con sólo mencionarlo. Por eso los Clum mantienen el secreto a cualquier precio.

No es que les suceda a todos ellos, pero al parecer existe una predisposición familiar a contraer el mal. Pasa de generación en generación, sin que nadie pueda saber por qué a algunos les toca y a otros no. Uno de los casos más difundidos fue el de la abuela Clara, a quien de un día para el otro se le empezaron a multiplicar las eses y al hablar parecía un sifón. "Esssstoy esssssperando a Sssssofía", decía, y la gente corría por temor a que escupiera. También sufrió el mal Fernandito: el día en que cumplía diecisiete años se levantó y descubrió que sólo podía decir palabras que contuvieran la letra "t". Irritado, intentó explicarlo a sus sorprendidos padres con una frase que nadie entendió: "¡Estoy totalmente atrapado: todo tiene t!".

Peor sin duda fue lo de Mercedes, a quien la enfermedad la atacó pocos días después de conseguir su primer trabajo. A ella la invadieron las "tin": tres letras que se le colaban en las palabras. Sucedió cuando su jefe la había llamado para encomendarle una tarea.

—Señorita Mercedes...

—Sí, señor —respondió presurosa—. Aquí estoytin.

—¿Cómo dijo?

—Nada, señortin, nadatin.

—¿Usted me está tomando el pelo? —preguntó enojado el jefe.

—Notin, notin —dijo ella cada vez más nerviosa—. No sé quetin me pasatin.

—Mire, señorita —dijo ya harto el jefe—, aquí no estamos para bromas. ¿Va a trabajar o no?

—¡Sitin! Porsupuestin, señortin. Tintintintin-tintintintin.

Evidentemente, Mercedes se quedó sin trabajo. Pero al menos ella contaba con la experiencia reunida por la familia para intentar resolver el problema. No sucedió lo mismo con el tío Marcio, el primer caso del que se tenga memoria. Y a él quería llegar: a Marcio.

Pero antes de contarlo tengo que reiterarles la advertencia: no sólo los Clum pueden padecer de este mal. Se sabe que otras personas también tienen la predisposición a contraerlo. De modo que piensen bien si quieren seguir escuchando mi relato. No me hago responsable de la conducta de sus palabras de aquí en más.

Veo que decidieron seguir adelante. Espero muy sinceramente que no se arrepientan. No tengo dudas de que van a encontrar la historia de Marcio Clum sumamente interesante: a él se le escaparon las "o". Así dicho parece una tontería, pero verán que no lo es. Todo empezó un domingo de 1984 en un restaurante. Marcio había planeado disfrutar de una buena comida antes de ir a la cancha, porque esa tarde jugaba su equipo. Y era uno de esos fanáticos de futbol que no se pierden un solo partido. Tras estudiar detenidamente el menú, eligió un pollo al ajo acompañado de arroz y llamó al mesero para hacer el pedido.

—Quier un pll al aj cn arrz —dijo y sus propias palabras le sonaron extrañas.

—¿Cómo? —preguntó el mozo que no había entendido nada—. ¿Desea que le traiga algo para tomar?

—¡Sí! —exclamó Marcio y se envalentonó al ver que había podido decir una palabra completa—. Una cpa de vin.

Finalmente, sólo pudo tomar agua en ese restaurante, ya que, como es público y notorio, el agua no tiene ninguna "o". Salió de allí preocupado por esa extraña afección que trababa su lengua. Caminaba cabizbajo cuando una pareja lo detuvo para preguntarle la hora. Marcio miró su reloj y respondió:

—Las ds y cuart.

"Parece que es extranjero", oyó que susurraba la mujer y la pareja siguió adelante. Marcio se sentía más deprimido a cada momento. Lo mejor, pensó, sería ir a la cancha de una vez por todas para ver el partido de futbol: tal vez si se distrajera, el mal desaparecería solo. Pero de pronto se dio cuenta de que era imposible. ¿Qué sucedería si su equipo anotaba un gol? ¿Qué iba a hacer él? Se imaginó levantándose eufórico en la tribuna para exclamar con todas sus fuerzas: ¡¡¡Gllll...!!! No, no tenía sentido. Marcio tiró al piso la entrada que con tanta expectativa había guardado en su bolsillo y lentamente fue a tomar el autobús para volver a su casa.

Mientras esperaba, se dio cuenta de que tenía un nuevo problema por delante. Recuerden ustedes que en esa época aún no existían las máquinas que venden los boletos: uno se lo compraba directamente al conductor. El problema de Marcio era que el boleto hasta su casa costaba dos pesos, pero de ninguna manera podía pedir en voz alta ese importe. ¿Qué iba a decir? ¿Ds pes? Tras pensarlo un rato, consideró que bien valía la pena gastar un poco más para evitarse un nuevo papelón. De modo que cuando llegó el autobús, subió y en voz alta y clara dijo:

—Tres.

Pero cometía un error. Aunque Marcio no lo sabía, ya que nunca viajaba muy lejos, no existía un boleto de tres pesos: había uno que costaba $2.80 y a ese seguía uno de $3.50. De modo que el chofer suspiró y le preguntó:

—¿Hasta dónde viaja, don?

Pero él no estaba preparado para esa pregunta. Contestó como hubiese contestado cualquier día de su vida anterior, cualquier día en que poseía todas sus "o". Marcio, aclarémoslo, vivía cerca del Zoológico.

—Hasta el Zlgic —dijo.

—¿Cómo? —preguntó, ya malhumorado, el conductor.

Se hizo silencio. Cuanto más nervioso se ponía, más le costaba a Marcio pensar en una calle sin ninguna "o". La gente que quería subir se acumulaba atrás de él y lo empujaba. La mente de Marcio estaba tan blanca como su cara.

El chofer se impacientó.

—¿Y, don, para cuándo? ¿Me va a decir adónde viaja?

Ya desesperado, Marcio miró hacia todos lados y vio el cartel que publicitaba un restaurante: "Cantina La Esplendorosa. Abierto mediodía y noche. En La Lucila".

—A La Lucila —dijo.

Era el destino más lejano posible. Le costó cinco pesos y un regaño del chofer por intentar engañarlo con el boleto.

Durante el viaje, Marcio se dedicó a pensar cómo iba a decirle a su mujer, Manuela, lo que le había sucedido. Evidentemente, no era una tarea fácil: debía explicarle que por algún extraño motivo todas sus "o" se le habían escapado, pero sin usar para esa explicación ninguna "o". Lo primero, se dijo, era no ponerla nerviosa. No podía entrar en la casa farfullando frases incomprensibles. De modo que se preparó mentalmente una lista de palabras sin "o", para poder mostrarse como una persona normal, al menos durante un rato.

Así fue como entró muy sonriente a su casa y saludó a su mujer:

—¿Qué tal?

—Bien, ¿y tú? —respondió distraídamente Manuela, que miraba televisión.

—Muy bien.

De pronto Manuela se volvió y lo miró con extrañeza.

—¿Qué haces acá? ¿No ibas a ver el partido?

—Cambié de idea —dijo Marcio felicitándose a sí mismo por tan buena frase sin ninguna "o".

—¿Cambiaste de idea? Pero siempre vas a la cancha.

—Ajá.

Manuela se veía cada vez más desconfiada.

—¿Cómo "ajá"? ¿Por qué cambiaste de idea?

Esta pregunta no le sentó bien a Marcio. Quería decir que estaba cansado, o nervioso, o agobiado, pero todas esas palabras tenían "o". Entonces dijo:

—Estaba mal.

—¿Mal? ¡Pero me acabas de decir que estabas bien!

—Sí.

—¿Cómo "sí"? Marcio, a ti te pasa algo.

—Para nada.

—No me digas que no, porque yo te veo raro. ¿No tendrás fiebre?

—Para nada.

—Y dale con "para nada". ¿No me estás ocultando algo?

—Para nada.

—¡Termina de una vez con el para nada! —a esta altura Manuela estaba fuera de sí—. ¡Tú me estás engañando!

—¡¡Nnnn!! —explotó Marcio—. ¡¡Nnnnnnnnnn!!

—¿Cómo nnn?

Marcio se sentó y se secó la transpiración de la cara con un pañuelo. Inspiró hondo y lo dijo:

—Perdí una letra.

—¿Perdiste una letra? ¿Y eso qué quiere decir? ¿La letra de una canción, la letra de un juego? ¿Qué letra?

La explicación fue extensa. Marcio en parte habló y en parte usó gestos, como si estuviera jugando al mudo. Al fin, Manuela pareció entender.

—Entonces —dijo lentamente— me estás diciendo que no puedes pronunciar palabras que tengan la letra "o"...

Lo miró fijo e hizo algo absolutamente inesperado: se echó a reír. Pero no una risita discreta y delicada, sino una erupción de estruendosas carcajadas que durante varios minutos le sacudieron el cuerpo y le humedecieron los ojos. Sólo se detuvo cuando vio la cara de odio de su marido.

—Perdóname —dijo secándose los ojos—. Es que es tan cómico...

—¡Nnn es cmic! —aulló Marcio.

—No, es cierto —Manuela intentaba contener su risa—. No, hay que hacer algo. Ya sé, voy a llamar al médico.

Caminó decidida hacia la mesa del teléfono y levantó el auricular. Pero cuando iba a marcar se detuvo.

—Momento, ¿qué le voy a decir? ¿Le digo: "Doctor, a mi marido se le fugaron las 'o'"?

Manuela estuvo a punto de tener otro ataque de risa y colgó el teléfono.

—Mejor pensemos en otra cosa —dijo.

Esa noche en la casa de los Clum hubo reunión familiar. Estuvieron presentes Luis, el hermano de Marcio, con su mujer Ana, la abuela Carlota, la tía Alba y una hermana de Manuela. A los chicos los dejaron comiendo en la cocina, porque preferían que ni se enteraran de lo que estaba pasando. Ya Manuela había anticipado por teléfono el problema a la familia y les había pedido encarecidamente que evitaran reírse. De modo que todos llegaron muy serios y se sentaron a analizar la fuga de las "o" como si se tratara de un asunto normal. Todos menos la abuela Carlota —o sea, la mamá de Marcio— que insistía con que no era posible.

—Debe ser que estás nervioso, nene —dictaminó—. Vas a ver que se te pasa enseguida.

—Nnnn —contestó Marcio—, nnnn se me pasa.

—Sí, nene. Escúchame, practica conmigo. A ver, di: pom-po-so...

—Pm... p... s —intentó Marcio.

—No, nene, con más ganas. A ver, pon la boca así, redondita y repite: pom-po-so.

Marcio estiró mucho la trompa y exhaló con esfuerzo:

—¡Pmm... ppp... sss!

A esa altura, el resto de los presentes estaba intentando sofocar un acceso generalizado de risa. Manuela había huido hacia el baño, el hermano de Marcio y su mujer se habían arrojado debajo de la mesa y la tía Alba se mordía el labio para no soltar la carcajada.

Marcio estalló:

—¡¡Basta!! ¡¡Nnn se burlen!!

Todos se pusieron serios e intentaron calmarlo. Luis dijo que había que pensar en otro tipo de solución. Todos pensaron. Los médicos estaban descartados: era demasiado embarazoso explicarles la cuestión. Los psicólogos nunca lo entenderían. Así fue como apareció el nombre de la prima Ágata. Que en realidad no se llamaba Ágata sino Cristina, pero había decidido cambiarse el nombre porque el suyo le parecía muy vulgar.

Tengo que aclararles que hasta ese momento Ágata no era muy bien vista en la familia Clum. No es que fuese una mala persona, era una chica muy simpática que por entonces debía tener unos veinticinco años. Pero se interesaba por cuestiones peculiares: la magia, la numerología, la preparación de raros medicamentos caseros y la adivinación del futuro por medio de caracoles. Todas cuestiones que los Clum —hasta ese momento gente muy seria— consideraban puras tonterías. Claro que ahora empezaron a reconsiderarlo.

—Hay que tener en cuenta que al vecinito de al lado le curó el empacho —dijo la tía Alba.

—Y a mí una vez me sacó un ataque de hipo que me había durado todo el día —dijo la abuela Carlota.

Por consenso, se decidió llamar a Ágata. Y Marcio Clum debió ponerse en sus manos.

En la primera sesión, Ágata intentó una cura por medio de la relajación profunda. Sentó a Marcio en un sillón cómodo, puso una suave música oriental y empezó a hacerle un masaje en la frente y las sienes. Al mismo tiempo soltaba frases con una voz sedosa y profunda, una voz única que parece acariciar al que la oye (si alguna vez conocen a Ágata, verán que no exagero).

—El cuerpo se relaja... los párpados pesan... la mente está en blanco... en blanco... en blanco...

La cara de Marcio se fue distendiendo de a poco y una tenue sonrisa se dibujó en sus labios. Fue el momento en que Ágata intentó dar un paso adelante en el tratamiento: la hipnosis. Ya otras veces había conseguido curar extrañas afecciones de esta manera. A Manuela le explicó que, dormido, Marcio podría aceptar órdenes y recuperar todas sus letras. Más tarde no recordaría nada, pero estaría sano.

—Ahora estás profundamente dormido —le dijo con esa voz de terciopelo—. Sólo vas a despertarte cuando yo golpee mis manos.

Marcio asintió con la cabeza.

—Ahora repite conmigo: la mente está en calma.

—La mente está en calma —dijo obediente Marcio.

—Las letras vuelven a su lugar.

—Las letras vuelven a su lugar —repitió él.

—Todo está en orden.

—Td está en rden.

Ágata frunció el entrecejo.

—Concéntrate en mi voz, Marcio. Veamos otra vez. Repite: "Yo soy Marcio".

—Y sy Marci.

—¡No! —dijo nerviosa Ágata.

—¡Nnn! —repitió él.

—Esto es un fracaso —suspiró ella.

—Est es un fracas —suspiró él.

—¡Marcio! —se enojó ella.

—¡Marci! —repitió él.

Agotada, Ágata golpeó sus manos. Al instante Marcio abrió los ojos:

—¿Ya está? —dijo—. ¿Esty curad...?

En su cara se dibujó la decepción.

—Es más serio de lo que había creído —susurró Ágata—. Debemos pensar en otra cosa.

Durante un mes todos los Clum se dedicaron a seguir puntillosamente las indicaciones de Ágata. Debieron conseguir uñas de gato, arena blanca, plumas de pavo real y pétalos de azucena. También tuvieron que aprender posiciones de yoga y practicar de atrás para adelante y de adelante para atrás la palabra "cúspide".

En verdad, yo creo que Ágata pidió algunas de estas cosas porque le hacían falta y otras simplemente para molestar. Al fin y al cabo, era una oportunidad única para vengarse por lo mal que la habían tratado durante años algunos de los Clum. Creo que exageró, por ejemplo, aquel día que los hizo reunirse a todos en el Parque Centenario: veintiséis miembros de la familia, tomados de la mano y repitiendo en voz monótona los extraños sonidos que soltaba Ágata:

—Aaaaaaa... mmmmmm... cucucucucu... prrp-rrrprrr... upiupiupi.

Se suponía que todo esto podía ayudar a Marcio a recuperar sus "o", pero sólo sirvió para llamar la atención de los vecinos de la zona, que rápidamente difundieron la versión de que se trataba de una secta siniestra que estaba convocando a los platillos voladores. Así fue como, una hora más tarde, los Clum debieron explicarle a un policía bigotudo que se presentó como el suboficial Rodolfo Piseta, que sólo se trataba de un ejercicio de relajación.

—Es para ayudar a mi primo, que no anda muy bien —le dijo María Emilia señalando a Marcio, que estaba apoyado contra un árbol con aspecto de perro abandonado.

El policía se acercó a Marcio.

—¿Se siente bien, señor?

—Perfectamente —dijo Marcio con una cara horrible.

Desconfiado, el suboficial Piseta se acercó más aún y susurró:

—¿Esta gente lo está reteniendo contra su voluntad?

Marcio se tomó unos segundos para pensar la respuesta. En los días trascurridos después de contraer el mal, se había acostumbrado a hablar de una manera muy extraña para evitar las palabras con "o".

—De ninguna manera —dijo ahora—. La libertad es mía.

Piseta frunció el ceño, totalmente desconcertado.

—No le entiendo —susurró—, ¿me está hablando en clave?

—La clave es la letra que perdí —respondió Marcio.

El policía se secó el sudor de la frente y acercó su boca a la oreja de Marcio.

—Señor, contésteme concretamente. ¿Usted está secuestrado? ¿Sí o no?

Marcio negó con la cabeza y dijo, también en susurros:

—La familia me quiere.

Confuso, Piseta creyó que "la familia" aludía de alguna manera a la mafia. Para colmo, cuando se dio vuelta se encontró con que todos los Clum lo habían rodeado, preocupados porque el policía parecía estar acosando a Marcio. Eran veinticinco miembros de familia que lo miraban de modo hostil. Así puede entenderse que el suboficial Piseta concluyera lo siguiente: se trataba de una secta vinculada a la mafia que había convertido en zombi a este pobre hombre y ahora lo amenazaba a él. Fue por eso que, en un rápido movimiento, sacó su arma y les apuntó tembloroso. Con la otra mano, encendió su radio y vociferó:

—Atención, atención. Se requieren refuerzos de inmediato en Parque Centenario. Individuos que conforman secta. Posiblemente armados. Repito: posiblemente armados.

Ocho minutos después los hombres del comando de operaciones especiales de la Policía, con armas y capuchas, se habían desplegado en la plaza. Esposados, los Clum fueron obligados a subir a varios camiones y pasaron la noche explicando que eran inocentes ciudadanos que intentaban recuperar una letra perdida.

Como podrán imaginarse, este episodio redujo bastante la confianza depositada por los Clum en Ágata. Algunos propusieron abandonar todo tratamiento y buscar otras alternativas para Marcio. Pero fue él mismo quien insistió en seguir adelante.

—Será Ágata la que haga la magia —repitió varias veces.

Y efectivamente, un día sucedió. Sé que ustedes desearían saber cuál fue la receta exitosa, pero lamentablemente no voy a poder decírselo por ahora.

Es que le prometí a Ágata que bajo ningún concepto revelaría ese secreto: a ella no le gusta que se difundan sus técnicas ni el contenido de las pócimas que usa. Pronto comprenderán que tengo mis motivos para ser fiel a esa promesa y no hacer nada que pueda disgustarla.

Lo que sí puedo contarles es que en el momento en que Marcio se dio cuenta de que había recuperado la "o", empezó a correr alrededor de la casa levantando los brazos y aullando una única palabra: "¡¡Gooooooooooooooooooooooool!!". Tan lejos llegó su voz, que los vecinos prendieron la radio, para saber qué partido se estaban perdiendo.

La familia festejó el éxito durante dos días y dos noches. Nadie se imaginaba entonces que Marcio había sido apenas el primero de una extensa lista de personas a las que afectaría el mal. Yo, que tengo una curiosidad insaciable, quise conocer cada uno de los casos hasta en sus más mínimos detalles. Ninguno de ellos me apasionó tanto como el de Valentina. Si se atreven a seguir adelante, puedo contárselos.

Capítulo 2

Pese a ser miembro de la familia Clum, Valentina no estaba preparada para lo que sucedió. Es que sólo tenía once años aquel lunes en que contrajo el mal. Se había levantado a la hora acostumbrada para ir a la escuela y estaba poniéndose las calcetas cuando su mamá le dijo desde la cocina que se abrigara, porque hacía mucho frío. Ella abrió ligeramente los labios y la frase salió en un susurro:

—A mí el frío me da ganas
de saltar como las ranas.

Pero nadie la oyó. La segunda llegó un rato después, cuando estaba sentada frente al café con leche. Se había servido, como de costumbre, cinco cucharadas de azúcar que revolvía muy lentamente. A su papá tanta azúcar lo ponía nervioso y la lentitud de Valentina lo ponía más nervioso aún. A decir verdad, la mayoría de las cosas lo ponían nervioso por las mañanas. Para empezar, las noticias del diario. Ahora comenzó a leer un artículo en voz alta, haciendo comentarios que Valentina no entendía. Otra vez, ella abrió la boca y las palabras salieron apenas audibles:

—Leer en el desayuno
me parece inoportuno.

Y otra vez, nadie la oyó. Fue recién con la tercera frase cuando llamó la atención de sus padres. El camión que la llevaba a la escuela estaba esperándola en la puerta y su mamá la detuvo para darle recomendaciones sobre el frío, la comida, los estudios, el cuidado del dinero y otras tantas cosas. La mamá de Valentina tenía una voz extremadamente aguda y hablaba demasiado. Ella la observó muy seria y dijo:

—Si me das otro consejo
se te arruga el entrecejo.

—Ay, nena —protestó la madre—, dices cada cosa.

Dicho lo cual cerró la puerta, se volcó a sus asuntos y no volvió a pensar en el tema hasta mucho después.

En verdad, ni siquiera Valentina tenía conciencia de lo que estaba sucediendo. En el camión se dedicó a mirar por la ventana, todavía un poco dormida. Tenía una muy vaga sensación de que algo extraño le pasaba, pero lo adjudicó a un resfrío que la había tenido mal los últimos días. Cuando llegó a la escuela caminó derecho a su salón y acomodó las cosas en su escritorio sin hablar con nadie. Fue recién al entrar la maestra de matemáticas cuando afloró la verdadera naturaleza del mal.

—Saquen el cuaderno —dijo la señorita Marta, a quien sus alumnos apodaban *Cara de limón*, por motivos que ustedes podrán imaginar.

Una voz se alzó en la mitad del aula.

—A mí el cuaderno
me importa un cuerno.

La señorita Marta se dio vuelta sorprendida. En el fondo algunos chicos se rieron. Hay que aclarar que este comportamiento en Valentina era totalmente inusual. No solamente porque hablaba en rima, sino porque se trataba de una niña más bien callada, bastante estudiosa, que en su boleta siempre tenía un "Excelente" en el casillero de conducta.

También deben ustedes saber que semejante producción de rimas era para ella incontrolable. Las sentía venir, como uno de esos estornudos fuertes que aunque uno trate no puede contener. Era una especie de cosquilla en su boca, que crecía y salía disparada en forma de rima. Pero Valentina no estaba nerviosa. Más bien al contrario, se sentía serena como pocas veces.

La maestra dio unos pasos hacia ella, se acomodó los anteojos, y preguntó:

—¿Pasa algo?

Valentina aún sonreía.

—No pasa nada de nada,
sólo dije una zonzada.

El gesto de la señorita Marta se torció un poco más. En el fondo, las risas aumentaron. Lucía, que se sentaba al lado de Valentina, le susurró nerviosa:

—Cállate. ¿Estás loca?

Pero Valentina no se inmutó. En voz alta y mirando a la maestra contestó:

—Yo prefiero la locura
a esa cara de verdura.

La señorita Marta se puso roja y un tic que sólo le aparecía cuando estaba muy pero muy nerviosa empezó a agitarle el labio inferior. A esa altura, las risas habían tomado todo el salón.

—Esto —dijo en tono helado— no es divertido.

Valentina seguía observándola como si nada sucediera.

—Lo que sí es muy divertido
es que se le ve el ombligo.

Las carcajadas ya estremecían el salón. Para colmo, la señorita Marta no tuvo mejor idea que mirarse la panza, como para constatar si lo que Valentina había dicho era cierto. Es que la playera que llevaba puesta le quedaba bastante corta y cuando se estiraba mucho una parte de su abdomen solía quedar expuesta. Pero su gesto no hizo más que aumentar el volumen de las risas, que ya se oían en toda la escuela. Fue entonces cuando se abrió violentamente la puerta y entró el director, con cara de pocos amigos.

—¿Se puede saber cuál es el motivo de tanto alboroto? —preguntó en un tono tan cortante que las risas se desvanecieron en el aire.

Valentina dijo después que intentó callarse. Que incluso se llevó una mano hacia la boca, pero era demasiado tarde. La frase ya se había colado hacia afuera, clara, límpida y potente:

—La razón de tanto ruido
es que me tragué a un niño.

Como cualquiera puede imaginarse, ese día los padres de Valentina fueron convocados por la dirección.

En el camino hacia su casa, Valentina procuró mantener el silencio. Para conseguirlo, se puso la chamarra en la boca, de modo que si salía algún sonido, apenas se oía como un "psffffmmñññññffff" o algo así. Su padre conducía el auto sin decir palabra y a su lado, su mamá lucía preocupada. O tal vez habría que decir desconcertada, porque ésa era la primera vez que Valentina tenía un problema de conducta y no sabía cómo actuar al respecto. De modo que nadie dijo nada hasta llegar a casa.

Claro que esa situación no podía prolongarse indefinidamente y llegó el momento en que Valentina tuvo que sacarse la chamarra de la boca. Lo hizo en el preciso instante en que bajó del auto. Corrió entonces hacia la cocina y se sirvió un vaso enorme de agua. Eso fue útil durante otro buen rato: mientras tragaba el agua las frases no podían salir, y si lo intentaban, apenas aparecían como burbujas flotantes. Así fue como Valentina se tomó unos nueve vasos de agua seguidos y sólo se detuvo cuando sintió que tenía tanto líquido en su interior que pronto se desbordaría y le saldría por las orejas. A esa altura, sus padres la miraban consternados.

—Suficiente, Valentina. Vas a decirnos qué te pasa —dijo serio el padre.

Ella abrió la boca y la frase salió disparada:

—Mamá, papá, les repito:
yo hablo y sale en versito.

La madre puso cara de estar perdiendo la paciencia.

—Dime, ¿te volviste loca?

—Te aseguro, no estoy loca,
las rimas las hace mi boca.

En ese momento irrumpió en la cocina la abuela Felicitas, que había estado escuchando todo desde la sala. Felicitas era de ese tipo de persona que siempre tiene una teoría a mano para explicar las cosas.

—Yo creo que la culpa de todo la tiene la computadora —dijo—. Esta nena se pasa demasiado tiempo mirando la pantalla: tiene que hacerle mal al cerebro.

Valentina puso cara de fastidio.

—Abu, en la computadora
yo sólo estuve una hora.

También Federico, su hermano menor, aprovechó para aportar su cuota de maldad a la confusión reinante.

—Para mí —dijo con una sonrisa torcida— el problema es la cantidad de bombones que se comió. ¿Vieron la caja que había traído la tía Estela? Ella se la terminó.

Valentina le dirigió una mirada asesina antes de contestar:

—Bombones comí sólo nueve,
el resto se los tragó Fede.

Inmediatamente se acercó a su hermano y le susurró:

—Y a ti por alcahuetear
diez golpes te voy a dar.

En ese momento su mamá se levantó dispuesta a poner fin a todo el asunto. Estaba pálida y sus ojos echaban chispas.

—¡Basta! O terminas con ese chiste o vas a recibir un... —y levantó la mano amenazadora. Su marido la frenó.

—Siéntense todos —ordenó—. Tengo que contarles algo.

Empezó a explicarles entonces la antigua propensión de los Clum a contraer el mal de la palabras. Es que Esteban, el papá de Valentina, nunca les había contado la historia a su mujer ni a sus hijos. Al principio a todos les costó creerlo y cuando la señora Clum finalmente aceptó la verdad tuvo un agudo ataque de furia contra su marido porque no se lo había dicho antes. Era de esperar.

En verdad, a todos los Clum les cuesta contar esta historia a sus parejas. Podrán imaginarse ustedes lo que significa decirle a la persona con la que uno está pensando en compartir la vida algo como: "A mi familia se le rebelan las palabras". Suena poco serio. Pero además tienen una buena excusa: la posibilidad de contraer el mal con sólo mencionarlo. De modo que prefieren callar y esperar que nunca se presente la situación en la que sea indispensable decirlo.

Pasado el primer momento de estupor, la familia se miró anonadada.

—¿Y ahora qué? —dijo la señora Clum.

Fue entonces cuando su marido les habló de Ágata. Era una mujer extraña, les previno, pero hasta el momento había conseguido, tarde o temprano, curar los accesos del mal.

—¿Qué quieres decir con "tarde o temprano"? —preguntó la señora Clum.

Su marido suspiró.

—Que habrá que tener mucha paciencia.

En los dieciocho años transcurridos entre el ataque de Marcio y el de Valentina, Ágata había aprendido muchas cosas. Varios miembros de la familia Clum pasaron por sus manos y, aunque no hubo ni habrá una única receta para curarlos (ella siempre dice que cada palabra enferma requiere un remedio diferente), ya disponía de un enorme arsenal de recursos y, lo que es más importante, de un profundo conocimiento del mal.

Pero aún hoy, entre los Clum hay quienes dudan de sus poderes. Son los que han echado a correr la versión de que en realidad Ágata no cura a nadie, sino que el mal termina por irse solo. Yo debo decirles que no estoy en absoluto de acuerdo con esa idea: creo firmemente en su capacidad para tratar con las palabras.

Aquel lunes, Ágata recibió a Valentina y sus padres vestida con una túnica color violeta. A ellos les pareció que la casa olía extraño: más tarde supieron que lo que había en el aire era una mezcla de ajo e incienso que en algunas oportunidades usa para quebrar hechizos y en otras para la salsa de los ravioles. Después de las presentaciones, les ofreció un té de cereza, pero era evidente que los Clum no estaban para tés. Los nervios se les escapaban por los ojos. Esteban se sentó y sin rodeos expuso el problema. Ágata escuchó con suma atención, mientras dibujaba espirales en una hoja. Al final sonrió.

—Qué interesante —dijo mirando a Valentina—. Te tocó una forma poética del mal.

Valentina frunció el ceño.

—Mejor te digo una cosa:
yo prefiero hablar en prosa.

—Entiendo —respondió Ágata—. Tendremos que trabajar sobre este asunto.

Por "trabajar" Ágata entendía una serie de sesiones en que se entremezclaron las pócimas de hierbas y flores, los ejercicios de concentración, la gimnasia de boca y nariz, y la lectura de trabalenguas. Pero tras una semana de intentos, nada había cambiado. Nerviosa, la mamá de Valentina fue a encarar a Ágata:

—Esta situación no da para más —dijo con su voz más aguda que nunca—. ¿Cuánto tiempo tendremos que esperar?

—Yo no puedo dominar el tiempo —respondió Ágata mientras echaba cenizas de eucalipto sobre el caparazón de una tortuga enferma—, pero creo que parte del problema es que Valentina ahora no tiene verdaderas ganas de curarse. Y sin voluntad, es difícil sanar.

Era cierto. En el tiempo transcurrido, Valentina había conseguido un cierto control sobre su afección. Seguía hablando en rima, sí, pero ahora sabía cómo evitar que las frases inconvenientes salieran de su boca: se las tragaba. Cuando las sentía venir, presionaba los labios y hacía fuerza hacia adentro. Algunas veces este procedimiento le provocaba un ataque de hipo, pero al menos no se metía en problemas.

Y además, el mal le había aportado interesantes beneficios. Aunque sus maestros seguían creyendo que algo fallaba en su cabeza, entre los compañeros el asunto de las rimas la había vuelto sumamente popular. Ahora todos querían escucharla: hasta venían alumnos de otras escuelas que habían oído hablar de esa chica extraordinaria que soltaba una rima tras otra sin cansarse nunca. La cumbre de su popularidad llegó el día en que Verónica le pidió que le escribiera una carta para mandársela a Luis.

Desde hacía un año, todo el salón esperaba que Verónica y Luis se volvieran novios. Para cualquiera que tuviera dos ojos sobre la cara era obvio que se gustaban, pero ambos eran demasiado tímidos para dar el paso decisivo. Valentina tomó un lápiz y un papel, y sintió que su mano se lanzaba a escribir el poema de un tirón, como si su cerebro nunca se hubiese tomado la molestia de pensarlo. Decía así:

Yo sé que no te animas,
sé que eres un poco lento.
Cada vez que me miras
sueño que llegó el momento.

Mejor te tiro una punta:*
yo te gusto y tú a mí.
Te ahorro hacer la pregunta,
la respuesta es que sí.

Verónica deslizó el papel en el escritorio de Luis en la mitad de una clase. Él lo leyó y lo guardó en su bolsillo. Apenas sonó el timbre del recreo se levantó, caminó hacia donde estaba ella y sin decir una palabra le tomó la mano. Aunque nunca hubo una declaración formal, desde ese momento fueron novios. Y también desde ese momento Valentina se convirtió en la creadora de poemas más solicitada de la escuela y sus alrededores. Eran tantos los pedidos que Lucía empezó a hacerle de secretaria: nunca aceptaba más de tres en un mismo día y, exceptuando a los amigos más cercanos

---

* Ayuda.

(para quienes el servicio no tenía costo), estableció una tabla de precios:

Hasta dos estrofas .... Un chocolate

Tres o cuatro estrofas .... Un paquete de galletitas
y dos chicles

Más de cuatro estrofas ...... Dos helados y cuatro chicles

Los pagos debían hacerse contra la entrega del pedido, pero Valentina contemplaba casos especiales, como declaraciones de amor que no podían esperar o poemas para mitigar la furia de los padres cuando uno llevaba a casa una boleta horrible. En estos casos, aceptaba retrasar el cobro varios días y hasta los ofrecía sin costo alguno.

Fue en esa época cuando Ágata empezó a darse cuenta de que algo raro sucedía. No era sólo que Valentina no se curaba, sino que su conducta se estaba volviendo decididamente curiosa. Cada día sufrían un nuevo fracaso en el tratamiento, pero lejos de deprimirse ella se veía más y más contenta.

Las sospechas de Ágata se vieron confirmadas el día en que salió a comprar velas azules para una ceremonia nocturna y la dejó frente a una poción a base de pasta de caracoles que debía comerse completa. Volvió antes de lo esperado y se encontró con que el frasco se había vaciado extrañamente rápido y su gato daba vueltas por allí con aire satisfecho y mareado.

—¡Le diste la poción al gato! —se enojó.

Valentina se hizo la desentendida.

—No me culpes, fue tu gato:
él vino a lamer mi plato.

—A mí me parece —dijo irritada Ágata— que estás haciendo todo mal a propósito, para no curarte. ¡Me parece que estás desperdiciando mi tratamiento!

Valentina guardó silencio.

—¿No me vas a contestar? —insistió Ágata.

—Si no te vas a enojar
tal vez yo te pueda hablar.

—Está bien, no me voy a enojar —dijo todavía molesta Ágata—. A ver, de qué se trata.

Valentina la miró a los ojos y abrió la boca. Primero hubo un breve suspiro y a continuación, mientras sus labios dibujaban una sonrisa, soltó una catarata de rimas para las que no tuvo siquiera que tomar aliento, como si hubiesen estado allí esperando para salir, plegadas en un rincón de su boca.

—Hablar en rima es mejor
que comerse un alfajor.

Como subirse a un caballo
que galopa como el rayo.

Como cantar en la ducha
si sabes que nadie escucha.

Como quedarse en la cama
un lunes en la mañana.

Yo a las rimas no las dejo
ni aunque me vuelvas conejo.

Ni aunque me agarres dormida,
ni aunque me digas querida.

Yo de aquí no me muevo:
con las rimas yo me quedo.

Cuando terminó, Ágata se puso a aplaudir entusiasmada.

—Bravo —dijo—. Eso es lo que yo llamo una excelente defensa. Me quedó todo perfectamente claro: desde este momento se declara el fin de tu tratamiento.

Y brindaron con jugo de alcachofas: por la eterna salud de las rimas.

Al día siguiente, Ágata convocó a los padres de Valentina a su casa. A ellos el llamado los alarmó: temían que les diera una mala noticia, que les dijera, por ejemplo, que el caso había empeorado o que era directamente incurable. Pero la encontraron de un excelente humor, tirada en un sillón, comiendo semillas de girasol junto a su gato. Les ofreció un té de rosa mosqueta y fue al punto:

—Los llamé para decirles que el tratamiento se terminó.

—¿Cómo que se terminó? —protestó la mamá de Valentina con su vibrante voz aguda—. ¡Si todavía no se curó!

—Efectivamente, no se curó. Valentina no quiere curarse. Pero ustedes tienen que haberse dado cuenta: ahora es más feliz. El mal le hizo bien.

—¿El mal le hizo bien? —repitió extrañada la mamá.

—Es cierto —reflexionó el padre—, está más contenta...

—¿Y eso a qué se debe? —preguntó desconcertada la madre.

—Es el poder de las palabras.

—¿El qué?

—Es que nosotros somos nuestras palabras —dijo Ágata.

—Nosotros... somos... nuestras palabras —repitió confusa la madre—. ¿Y eso qué quiere decir?

—Que las palabras nos transforman. Lo que leemos y lo que escribimos. Lo que decimos y lo que callamos. Usted —le dijo Ágata mirándola fijo— debería pensar en ello.

—¿Yo?

La madre de Valentina se fue, sintiéndose muy confundida.

Según me ha dicho Ágata, Valentina sigue aún hoy hablando en rima. Pero consiguió tal dominio del asunto, que alguna gente ni siquiera se da cuenta. La técnica es así: ella siente venir la rima y la frena en su boca. La saborea, la analiza y luego la deja salir, pero interrumpida por una tos oportuna o en ocasiones se traga una parte, de modo tal que el oyente desprevenido ni se entera de que las palabras rimaban. Les doy un ejemplo: cuando la maestra de historia le preguntó adónde creyó Colón que había llegado cuando descubrió América, Valentina detuvo las rimas en su boca. Si las hubiera soltado así nomás, sin filtros, habrían salido así:

Pobre Cristóbal Colón:
hizo flor de papelón.

Como el mundo no entendía
en las Indias se creía.

Pero nunca se enteró:
él a América llegó.

Con los convenientes cambios resultó así:

—(Carraspeo) Cristóbal Colón (leve tos y dos versos tragados)... en las Indias se creía, pero (tos)... a América llegó.

Como ven, se las arregla bien. En cuanto a su carácter, Ágata dice que el cambio le sienta maravillosamente: se le ve siempre feliz.

No sé si creerle, pero ella asegura que el mal ha tenido algún efecto beneficioso en todos los Clum

que lo han sufrido. Marcio, por ejemplo, era antes un tipo callado, parco. "Hombre de pocas palabras", solían decirle. Tal vez por el esfuerzo de buscar durante aquellos días sinónimos sin "o" se volvió más locuaz y comunicativo. Y la abuela Clara, famosa por su mal carácter, desarrolló después de la invasión de eses un cierto sentido del humor.

Por eso estoy pensando si yo cambié: día a día me examino para tratar de encontrar alguna modificación en mi carácter. Sí, tal vez algunos de ustedes lo hayan adivinado: yo también padezco el mal.

Capítulo 3

Se preguntarán quién soy. Podría presentarme como un pariente lejano de los Clum y no mentiría. Pero lo cierto es que hasta hace poco yo ni siquiera sabía de la existencia de los Clum y menos aún del mal de las palabras. Hasta hace poco yo era una persona común y corriente. Les hago una descripción: varón, alto, flaco, diecisiete años. Deporte preferido: el rugby. Y ahí empezó todo, con el rugby. Mis padres creen que no tengo el físico apropiado para jugar.

—Muy flaco —dice mi papá.

—Muy estrecho —añade mi mamá.

Cuando dice "estrecho" me está comparando con los otros jugadores, esos que más que espalda parecen tener un muro de hormigón atrás. Como los ocho que se me cayeron encima ese maldito día. Yo quedé abajo y ellos, con sus cuerpos gigantescos, se apilaron uno sobre otro encima de mi pobre espalda, que crujió como pidiendo auxilio.

Durante tres meses tuve un yeso con el que me veía bastante parecido a una momia. Luego siguió la rehabilitación. Caí entonces en poder de un kinesiólogo japonés, que más que manos parecía tener martillos. El primer día después del masaje me sentía como si los ocho jugadores hubieran vuelto a pasar por mi espalda, pero esta vez a caballo.

—No voy más —prometí.

Fue entonces cuando mi mamá se acordó de Ágata: una prima segunda que hacía mucho no veía.

—Tiene manos de seda —me dijo—. Eso sí, es un poco rara, pero nadie hace masajes como ella.

Cuando fui por primera vez a lo de Ágata no me pareció un poco rara: me pareció la persona más rara que había visto en mi vida. Pero si algún día la conocen verán que esa primera impresión pasa rápidamente, en la medida en que uno descubre sus encantos. En poco tiempo nos hicimos buenos amigos. Y es cierto que tiene manos de seda: mi espalda mejoraba día a día.

Cada tarde, al terminar el masaje yo me quedaba recostado unos minutos, con la música oriental de fondo, mientras Ágata ponía todo en orden. El sector que usábamos para el masaje estaba separado del resto de la sala apenas por un biombo. Es por eso que oí todo. Sí, yo estaba allí el día en que Valentina y sus padres entraron exaltados y contaron la historia. Me quedé inmóvil, escuchando hasta el final. Después, al incorporarme, hice un pequeño ruido y descubrieron mi presencia. El papá de Valentina miró alarmado a Ágata.

—No se preocupen —dijo ella—. Claudio es de la familia.

Tal vez ésa haya sido mi condena: ser de la familia. Aun lejano, aun sin llevar el apellido Clum, es posible que yo comparta esa predisposición hacia el mal. Pero no crean que lo descubrí allí: fue mucho después, lamentablemente.

Durante un tiempo, seguí la historia con pasión. Ágata me contaba cada día los fracasos de su tratamiento y el paradójico florecimiento de Valentina. Yo le pedía que me repitiera las rimas y las anotaba en una libreta, absolutamente fascinado con su evolución. Y no sólo eso: también quise que me contara toda la historia, desde Marcio en adelante y pasando por cada uno de los Clum que había sufrido alguna vez el mal. Ágata solía mostrarse un poco reacia a hablar del asunto, pero tanta fue mi insistencia que terminó contándome todo, hasta el último detalle. Ahora maldigo mi enorme curiosidad, culpable de lo que me ocurrió.

Supe que Valentina había decidido poner fin al tratamiento y que seguía feliz con sus rimas. Poco después terminaron también para mí las sesiones de masajes, ya que mi espalda estaba nuevamente en forma. Sin otro trabajo en el horizonte inmediato, Ágata decidió tomarse unas vacaciones en la selva del Amazonas, en donde pensaba aprender sobre el uso de algunas hierbas de nombres impronunciables. El último día tomamos un té de moras juntos y nos despedimos con un abrazo.

Para mí todo empezó esa noche. El primer episodio fue trivial. Tenía hambre y me detuve en una tienda a comprar unas galletitas. Le indiqué cuáles quería al tendero y vi que su mano se dirigía al paquete más pequeño.

—No —le dije—, deme el...

Inexplicablemente, no pude pronunciar la palabra. El hombre se quedó mirándome.

—¿Prefieres otra marca?

—No, ésas, pero las...

Otra vez, no podía decirlo. Me di cuenta de que el vendedor ya me miraba raro.

—¿Cuáles, entonces? —preguntó irritado.

—Ese paquete, no, el otro: el que trae más cantidad —dije al fin.

El hombre me las alcanzó mientras mascullaba algo por lo bajo que sin duda no era una alabanza. Me fui sintiéndome muy confundido. Ése había sido un día pesado y cansador y tal vez, pensé, me estaba costando hablar de puro agotamiento. Decidí irme a dormir enseguida. Un serio error, pero de eso me di cuenta después. Me lo he repetido tantas veces: si yo hubiera llamado a Ágata en ese momento, tal vez las cosas podrían haber cambiado. Cuando quise comunicarme con ella al otro día, ya era demasiado tarde: había partido rumbo al Amazonas.

El segundo episodio, cuando finalmente entendí que el mal había llegado a mí, sucedió a la mañana siguiente. Me estaba vistiendo para ir al colegio (estoy en el último año de preparatoria) cuando mi papá se acercó a mi habitación y lanzó su habitual alarido:

—¡¡¡¡Está el desayuno!!!!

Mi papá es así: dice todo en un tono cien veces más alto de lo necesario, como si intentara perforar las paredes con su voz. Siempre pienso que un día nos vamos a quedar sordos por su culpa. Yo salí de mi habitación y contesté, o mejor dicho intenté contestar, como de costumbre:

—No hace falta que...

Pero no me salió. Hice un nuevo intento:

—No hace falta que...

Papá me miró extrañado:

—¿Te pasa algo?

—No... —realmente, yo no sabía lo que me pasaba— pero no hables tan alto.

Ustedes entienden lo que yo quería decir: esa palabra que empieza con "g" y significa exactamente: "levantar la voz más de lo acostumbrado" (miré en el diccionario para explicarles). Pero no hubo caso. No salió. Mientras caminaba hacia la escuela pensé en los dos episodios que me habían sucedido: la noche anterior no había podido decir la palabra que describe a "lo que supera en tamaño a lo común". Y ahora no podía pronunciar esta otra. Ambas, me di cuenta, empezaban con "g". Pero ése no parecía ser el problema, porque yo era perfectamente capaz de decir palabras con "g". Las dije, en voz alta:

—Gato, goloso, Gutiérrez, gota, gusano.

Intenté otra vez con la primera que no me había salido, usándola en una frase:

—Esa casa es muy g...

No hubo éxito. Probé reemplazarla entonces por otra:

—Esa casa es muy gorda.

Salió perfectamente. En el momento de pronunciar estas frases me había detenido en una esquina, esperando el cambio de semáforo y me di cuenta de que dos chicas se estaban riendo sin disimulo de mí, porque hablaba solo y decía tonterías. Me enojé y las increpé:

—No me parece que sea tan...

Otra vez lo mismo: el vacío, la imposibilidad de decirlo. Y nuevamente con "g": ahora era una palabra que significa chistoso, ya deben saber ustedes cuál. Entonces me di cuenta de lo fundamental: las tres llevaban por segunda letra una erre. Pero no era la erre en sí misma el nudo del conflicto, ya que yo podía usarla tranquilamente. Probé:

—Ratón, ruido, Rodríguez, radio, Ramona.

No, el problema era que ellas dos estuvieran juntas. Así fue como me di cuenta del tipo de mal que me había afectado a mí: se me pelearon dos letras. Y parece ser una pelea definitiva: no hay manera de que las muy malvadas se pongan juntas en una palabra.

Si ustedes piensan que es chistoso (nuevamente pensaba decir la otra palabra, pero ya ven que es imposible), esperen a que les suceda algo así. ¿Saben lo que significa, por ejemplo, no poder mencionar el color más oscuro, el del cielo por la noche? Y ni siquiera el otro, ese un poco más claro, el de las nubes antes de que llueva.

Les voy a decir algo peor todavía: no se imaginan el peso de no poder decir la palabra que se usa todo el tiempo cuando alguien le hace a uno un favor. Ya saben, la que ustedes le dirían a una persona que les levantó algo que se cayó al piso, o que les dio la hora. Sí, ésa. Bueno, luego de pasar varias veces por mal educado decidí reemplazarla por "Muy amable". Pero me sigue resultando extraño, demasiado formal. Me siento un poco tonto diciendo: "¿Me pasas la sal?". "Muy amable". "¿Me prestas el lápiz rojo?". "Muy amable". "¿Me convidas un caramelo?". "Muy amable".

No, definitivamente tengo que solucionar esto. Los últimos días fueron un infierno. Para empezar, el intento de comprar zapatos. Yo, lamentablemente, tengo la costumbre de vestirme de pies a cabeza del color en el que ustedes están pensando, el más oscuro. De modo que sabía que iba a ser difícil. Pero supuse que si veía algo en el aparador bastaría con señalarlo. Así que entré a la zapatería y le indiqué al vendedor un par:

—Esos —le dije— en número 42.

—Cómo no —me respondió amable el hombre y partió a buscarlos en la bodega.

Minutos después estaba de vuelta con una caja en la mano.

—Aquí están —me dijo y sacó un par de zapatos del modelo que yo había pedido, pero de color marrón.

—No, yo quería el otro color —le dije al vendedor.

—¿El beige? —me preguntó.

—No —me impacienté—, el más oscuro.

El hombre evaluó los zapatos que tenía en la mano bajo la luz.

—Éstos son bastante oscuros —afirmó.

Suspiré y miré a mi alrededor. En un estante junto a nosotros estaban exhibidos unos zapatos femeninos de tacón alto y fino. Del color que yo buscaba. Los señalé:

—Como esto —dije.

A partir de ese momento, el hombre me empezó a mirar con creciente desconfianza.

—Ésos son de mujer —respondió.

—Ya sé —dije cada vez más nervioso—. No es que yo quiera estos zapatos, lo que quiero es este color. Los zapatos en este color, número 42.

El vendedor se mostraba incómodo.

—Éstos son de mujer —repitió—. No vienen en número 42.

—¡Ya sé! —exclamé enfurecido—. Yo no quiero estos zapatos, quiero los otros zapatos, pero en este color.

El vendedor se acercó a mí y susurró:

—¿Esto es una broma para la televisión? ¿Hay alguna cámara oculta?

—¡No! —juré, casi al borde del llanto—. ¡Sólo quiero zapatos!

Pero no lo pude convencer: empezó a dar vueltas por el negocio, intentando descubrir cámaras entre las cajas o escondidas en la vidriera. Al fin opté por saludar e irme. Sin zapatos.

Mis problemas apenas habían empezado. Poco después descubrí que ellas, las dos malvadas letras, se niegan a ubicarse juntas en cualquier posición en que uno intente ponerlas: tanto si está primero la "g", como si va la erre. Conclusión: no puedo pronunciar el nombre de mi país. ¿Se imaginan lo que eso significa? En estos últimos días he deseado ser uruguayo, español, colombiano, chileno, en fin, de cualquier país donde ellas no se junten. Me di cuenta cuando fui a inscribirme en la facultad (el año que viene ya empiezo) y el empleado me preguntó con voz mecánica:

—¿Nacionalidad?

—A...

Lo intenté, pero no pude pasar de la primera letra.

—¿Cómo?

Algo tenía que contestar, de modo que murmuré:

—De aquí.

—¿Qué dijiste?

—De Buenos Aires.

El hombre puso cara de fastidio.

—Ésa no es una nacionalidad —dijo enojado y golpeó la mesa—. Tú debes ser de esas personas que piensan que el país se acaba en la capital.

—No, no —intenté defenderme—. Todo el país está muy bien. A mí me gusta mucho mi país.

—¿Entonces por qué no dices tu nacionalidad?

—Sí, sí —dije nervioso—, yo soy... de acá.

—¿De dónde? —el hombre ya estaba furioso.

—De acá —susurré—, de Buenos Aires.

—¡Te estás burlando de mí! —aulló desencajado—. Ya veo, te diste cuenta de que soy del interior... ¡La típica prepotencia de los porteños, que se creen tan superiores! ¡¡¡No voy a tolerarlo!!!

Cuando me fui corriendo, el hombre, con la cara roja, seguía golpeando con furia el escritorio.

Como ven, la situación se volvió muy difícil. Tanto, que días atrás me puse en contacto con los Clum para saber si ellos tenían algún modo de comunicarse con Ágata. Me dieron una dirección en el Amazonas y le envié enseguida un tele... Otra vez. No, no puedo decirlo: ahí están ellas dos, las malditas. Se trata de un breve mensaje que se envía a través del correo y llega en el día. Seguramente ya lo habrán adivinado. En fin, decía así:

> Te necesito de inmediato. Me atacó el mal: dos letras peleadas. Requiero tratamiento. Claudio.

Ayer recibí la respuesta y mis esperanzas se derrumbaron:

> Lamento mucho tu afección. Imposible volver antes de un mes. No pelees con las palabras. Ágata.

¿Que no pelee yo? —hubiera querido contestarle a Ágata—. ¡Si son ellas las que atacan! Pero la idea de que yo pudiera haber provocado la afección quedó rondando en mi cabeza. ¿Habrá algún motivo para que se me hayan rebelado a mí las palabras? De pronto se me ocurrió que tal vez estuvieran enojadas. Es posible que se hayan molestado por el poco uso que yo les doy: a fin de cuentas, siempre elijo las mismas. Habrán notado que tuve que recurrir al diccionario para encontrar reemplazantes a las que se negaron a ser pronunciadas. Eso sirvió para que me diera cuenta de que ellas, las palabras, son muchas más de las que uno se imagina, y hay una enorme cantidad a las que ni siquiera conozco. Nunca las vi, nunca las oí nombrar, nadie me las presentó. De modo que ahora estoy tratando de mejorar mi relación con ellas. Cada día leo unas páginas del diccionario que, creo yo, es como su casa: paso las hojas con cuidado, las observo, las estudio. Cuando encuentro alguna que me gusta (y siempre y cuando no tenga las dos letras pegadas), la anoto: la tengo guardada, de reserva, para casos de necesidad. No sé si esto servirá para curarme, pero al menos habrá sido una buena manera de pasar el tiempo hasta que vuelva Ágata.

Ahora no me queda más que esperarla. Bueno, en realidad acabo de hacer otro intento de cura, sugerido por uno de los Clum: contarlo. Bernardo, un tío de Valentina, me dijo que, así como el mal puede contraerse con sólo mencionarlo, en algunos casos es posible curarse hablando mucho, mucho de él. Es por eso que empecé a relatarles esto a ustedes. Pero ya ven, no dio resultado. Si quieren tomarse el trabajo de revisar lo que les conté, se van a dar cuenta: ni siquiera una vez pude colocar juntas a mis letras peleadas.

En cuanto a ustedes, confío en que esto no los haya afectado. Pero si en los próximos días sienten algo raro, si una letra se niega a ser pronunciada, u otra se les cuela cuando no la llaman, es decir, si sospechan que son víctimas del mal, no lo duden: busquen a Ágata. Su teléfono figura en la guía. Tal vez deban esperar que vuelva de su viaje, pero no tengo dudas de que podrá ayudarlos. Un pequeño consejo: si no experimentaron hasta ahora ningún cambio, tal vez sea mejor que eviten hablar del tema. No sea cuestión que por sólo mencionarlo se busquen un problema.

Sólo me resta despedirme y decirles muchas... uf... Muy amables por haberme escuchado.

Capítulo 4

¿Son ustedes? ¿Están ahí? Qué bien, porque tengo algo que decirles. Y no es bueno. Pero vamos por partes. En verdad tengo dos noticias para contarles: una buena y una mala. Empecemos por la buena: me curé. Sí, se los aseguro, estoy curado y por supuesto se lo debo todo a Ágata. Les quiero mostrar: *Negro*. ¿Se dieron cuenta? Esperen, hay más: *Gris. Carga. Grupo. Gracioso. ¡Grueso! ¡¡Gárgaras!! ¡¡¡¡Gracias!!!!*

Ya sé, estoy exagerando. Es que estoy realmente contento. No saben lo que es tener dos letras peleadas, una verdadera pesadilla. Por suerte este episodio de mi vida ya forma parte del pasado.

En este punto ustedes se estarán preguntando por la mala noticia. Estoy dando rodeos porque no sé cómo decirlo. No encuentro las palabras y esta vez no es la enfermedad, sino la preocupación. O tal vez la culpa. Pero no tiene sentido seguir retrasando el momento. Ahí va: hubo un contagio. Sí, tal como lo oyen: una persona se contagió del mal de las palabras. Pero todavía no saben lo peor: es uno de ustedes. Una, mejor dicho, porque es mujer. Esperen, esperen, no se asusten. Ya me los imagino a todos, hablando al mismo tiempo, intentando confirmar de cualquier modo si tienen todas sus letras en orden, moviendo la lengua de arriba abajo de modo ridículo. Pero no tiene por qué sucederles. Se sabe que esto es algo para lo que hay que tener predisposición.

Y ella... sí, creo que ella la tenía. Ella es muy especial, difícil de describir. Tal vez alguno de ustedes ya lo intuyó: mi vida cambió desde que la conocí. Rotundamente. Merecen que se los cuente desde el principio.

Ágata volvió un miércoles de mañana y dos horas después yo ya estaba en su casa: quería empezar el tratamiento lo antes posible. Debo decir que ella estaba enojada conmigo. Muy enojada. Primero, porque había tenido que adelantar su regreso del

Amazonas unos días debido a mis ruegos desesperados. Pero sobre todo porque yo había seguido el consejo de Bernardo y me había lanzado a contar la historia.

—¡A quién se le ocurre! —gritó furiosa—. ¡Qué idea tan absurda!

—Me lo sugirió Bernardo —dije casi en un susurro.

—¡Bernardo no sabe nada! —volvió a gritar fuera de sí—. Lo que hiciste, Claudio, es algo muy peligroso. ¡Peligrosísimo! No sabemos aún qué consecuencias puede traer.

Yo me había hundido en su sillón rojo, cada vez más avergonzado. Empecé a temer que no quisiera curarme de puro enojada. Pero no fue así: aceptó iniciar ese mismo día el tratamiento. Viéndolo ahora, sin embargo, creo que descargó parte de su furia en las recetas que me vi obligado a aceptar.

Ustedes ya saben que a ella no le gusta que se conozcan sus secretos. De modo que no puedo contarles todo. Les diré, sin embargo, que hubo detalles escalofriantes. Si alguno de ustedes es impresionable, mejor omita lo que sigue: me vi obligado a comer piel de sapo. Sí, de sapo. No sé cómo la obtuvo Ágata, pero sé que la cortó chiquita, para que se notara menos, y la mezcló con un millón de ingredientes. Repugnante, les aseguro. Y eso no fue todo. Tuve que saltar en un pie en torno al Parque Rivadavia murmurando la palabra "gato". Y pararme en la Costanera, frente al río, a las seis de la mañana repitiendo a lo largo de veinticinco minutos un trabalenguas sobre rojas carretas cubiertas de rubíes.

Sentí que llegaba a mi límite el día en que me dijo que en el próximo ejercicio yo debía practicar salto de rana por la avenida Corrientes gritando: "Soy una rana gorda". Ahí me planté: era demasiado.

—¡No voy a gritar nada! —aullé.

Ágata se levantó de un salto de la silla y me miró.

—¿Cómo? —preguntó, observándome fijamente.

Pero yo no me iba a calmar.

—¡Que no pienso gritar nada! —repetí.

Ágata sonrió. Se me acercó y me pasó una mano por la cabeza.

—Perfecto —sonrió—. Estás curado.

Recién entonces me di cuenta de que había dicho "gritar". Y a los gritos.

Podrán imaginarse lo feliz que me puso estar curado. Y cuántas veces le agradecí a Ágata, sobre todo porque adoraba repetir la palabra "gracias".

Durante dos días disfruté de mi recuperación. Compré muchos objetos negros, hablé hasta el cansancio sobre Argentina y agradecí sin ningún motivo evidente a toda persona con la que me crucé. Pero al tercer día recibí el llamado de Ágata.

—Ven inmediatamente —me dijo—. Es algo grave.

Supe que se trataba otra vez del mal.

—¿Grave? —pregunté sólo para oírme decir la palabra y comprobar que mis letras aún se llevaban bien—. Voy para allá.

Estaba esperándome en la puerta, con una cara que daba miedo.

—Sucedió —me dijo.

—¿Qué?

—Lo peor que podía suceder por tu brillante idea de contarle al mundo entero sobre el mal. Hubo un contagio.

—¿Un contagio? ¿Quién...?

—Una chica —dijo, severa—, una pobre chica de dieciocho años que tuvo la desgracia de leer ese texto tuyo que no ha dejado de circular por el correo electrónico de medio planeta. Pero ya que tuviste la culpa de que se enfermara, tendrás que ayudar a curarla.

Y sin darme tiempo a hacer más preguntas, me empujó a la sala. Cuando entré, ella estaba de espaldas, mirando por la ventana.

—Clara —dijo Ágata—, él es Claudio.

Es difícil explicar lo que sentí en el momento en que ella se dio vuelta y me miró. Algunos lo definirían como flechazo, pero para mí fue más bien como si un puño invisible me diera un golpe en el centro de la cara. Trastabillé y tuve que apoyarme en una silla para no caer. Entonces tomé aire y volví a mirarla. Seguramente ustedes quieren que les diga qué es lo que la hace tan especial, y no lo sé. Tal vez sea esa catarata de pelo rubio ensortijado, la delicadeza de las líneas de su cara o los ojos, unos ojos verdes capaces de provocar desmayos en el más recio.

Lo cierto es que yo me había vuelto un idiota.

—Ssssí, yo... —dije, tartamudeando—, yo soy Claudio.

—Ah —fue todo lo que contestó antes de sentarse en el sillón y quedarse muda.

Intenté avanzar en la conversación.

—Sé que tienes el mal.

—Ajá —dijo.

Claramente, no iba por buen camino. Probé consolarla.

—No te preocupes —le dije—, Ágata es muy buena en esto: te va a curar.

Esta vez se limitó a asentir con la cabeza. Yo insistí.

—Entonces, ¿cuándo empezó lo tuyo?

—Basta —dijo, levantándose. Tomó su cartera y le hizo un gesto a Ágata, quien me miró acusadora, como si yo la hubiera echado. Cambiaron algunas palabras en la puerta, pero sólo oí cuando Clara dijo:

—Hasta mañana.

Cuando cerró la puerta Ágata me dirigió otra de esas miradas fulminantes.

—¿Qué? —pregunté desolado.

—¿No tenías mejor idea que empezar a hacerle preguntas? ¿No te diste cuenta de que casi no puede hablar?

—¿Qué tiene exactamente?

—Se le fueron casi todas las vocales: sólo puede decir palabras con "a".

—Ahh —dije, estúpidamente.

Ágata volvió a mirarme reprobadora.

—Es terrible para ella —dijo—. Su vida eran las palabras.

—¿En qué sentido?

—Ella escribe, canta, hace poesías. Nació con un don: el dominio de las palabras. ¿Sabés cuál es su nombre completo? Clara Celeste Iris Orozco Cruz.

—Largo.

—No entiendes, Claudio: tiene todas las vocales. Ella las dominaba. En su boca, las palabras se acoplaban perfectamente: bellas, musicales, espléndidas. Y ahora se le fueron. Ya no puede escribir, ni cantar. Por tu culpa.

Me sentí fatal, un tipo despreciable. De alguna manera tenía que lograr transformarme a los ojos de Clara.

—¿Qué puedo hacer para ayudarla? —pregunté.

—Vas a hacer muchas cosas, siempre que ella te acepte. Y eso está por verse —dijo Ágata—. Ahora quiero que te vayas: tengo que pensar formas de atraer vocales.

Antes de irme logré que Ágata me diera el teléfono de Clara. En los cuatro días siguientes la llamé a menudo, estimo que unas veintisiete veces. Dejé mensajes, silbé, canté ante el inexpresivo contestador automático, pero ella nunca me respondió. Al quinto día, cuando ya desesperaba, recibí el llamado de Ágata.

—Necesito que acompañes a Clara al zoológico, a buscar una pluma de pavo real que voy a usar en el tratamiento.

Acepté feliz y ni siquiera le pregunté para qué era la pluma. Me daba igual: yo sólo quería tener una oportunidad para rehabilitarme a los ojos de Clara. La pasé a buscar un viernes a las tres de la tarde, con mi mejor atuendo. Pero ella se veía triste.

—Te dejé muchos mensajes —le dije—, nunca me respondiste.

—Para nada alcanzan las palabras —explicó.

—Bueno, no importa. Bastaría con que me digas: "Hola".

Enseguida me di cuenta de que había dicho una tontería.

—No, claro —intenté mejorar—, hola no, pero podrías decirme... "Ala".

Clara frunció el ceño.

—Bueno... alcanza con un ahh...

Los nervios me traicionaban: decía cada vez más idioteces. Nos dirigimos al zoológico en silencio. Yo, les confieso, mantenía la ridícula esperanza de que Clara recuperara sus letras de un momento a otro. Creía firmemente que algún suceso, alguna imagen poderosa podía destrabar sus vocales. Apenas entramos, le señalé el sector de los elefantes.

—Vamos a verlos —dije—, es un animal interesante. Tiene muchas "e".

Clara me miró extrañada. Durante unos minutos observamos sin hablar a un elefante que avanzaba con sus patas pesadas y lentas hacia nosotros.

—¿Qué te parece? —pregunté.

—Las patas aplastan las matas —fue todo lo que dijo.

—Sí —dije desilusionado—, es cierto.

Cambiamos de rumbo y nos dirigimos al sector de los dromedarios.

—Mira —señalé—, éste es un animal que tiene casi todas las vocales.

Se quedó callada. Minutos después señaló mis zapatos, tapándose la nariz.

—Ajjjj —dijo—, caca aplastada.

Lo que me faltaba. Me limpié los zapatos ya sin esperanza: no tenía sentido seguir intentándolo. Fuimos en busca de los pavos reales y encontramos uno caminando junto al lago. Cuando nos acercamos se detuvo, abrió su fastuosa cola y nos encaró soberbio, como esperando nuestra admiración. Yo me reí:

—Qué pavo —dije.

Pero Clara no me escuchaba. Se había agachado a levantar una pluma y ahora se alejaba de mí.

Corrí y la tomé de un brazo.

—¿Adónde vas?

—A casa.

—¿Por qué?

En ese momento me miró y vi que estaba llorando.

—¿Qué te pasa? —pregunté.

—Las palabras... —dijo—, ¡faltan tantas! Clara jamás hablará. Basta.

—¡No te puedes dar por vencida! —le grité, pero no me prestó atención. Se fue y me dejó ahí... Con los pavos.

En los días siguientes caí en una profunda depresión. Clara no atendía mis llamados y Ágata apenas levantaba el teléfono para decirme que estaba demasiado ocupada antes de colgar. Prácticamente dejé de comer y volví a tener fuertes dolores de espalda. Mi padre me amenazaba con llevarme al médico por la fuerza y mi madre se la pasaba cocinando mis postres favoritos para tentarme, pero no lograron nada. Día y noche, yo sólo pensaba en Clara.

Una tarde fui a casa de Ágata de sorpresa. Cuando me vio en ese estado lamentable, flaco y desarreglado, se asustó.

—Querido, parece que vinieras de la guerra. ¿Qué te pasó?

—Clara —fue todo lo que le contesté.

Asintió y me hizo sentar en el sillón rojo.

—Ella también está mal —dijo—. La falta de palabras la sumió en una honda tristeza. Ya nada le importa.

—¿Qué puedo hacer?

Se encogió de hombros y salió al balcón. Allí, entre sus plantas olorosas, Ágata solía encontrar inspiración.

Cuando volvió a entrar, parecía más animada.

—Creo que se trata de hallar las palabras adecuadas —dijo—. Mañana por la noche habrá luna nueva. Voy a intentar una sesión de hipnotismo con Clara. Ven a las doce en punto y entra sigilosamente, pero sólo si encontraste qué palabras decir.

—¿Pero cuáles son esas palabras? ¿Cómo saberlo? —pregunté desesperado.

—Si yo te las dijera no servirían. —Fue todo lo que me respondió antes de despedirme.

Creo que esa tarde estuve a punto de volverme loco. Revisé diccionarios, enciclopedias, cuentos de hadas y libros de magia en busca de las palabras adecuadas, pero ninguna me conformaba. En verdad, ni siquiera sabía qué estaba buscando. Palabras de amor, de brujería, de horror, canciones de cuna, rimas y sonetos pasaron por mis manos: nada servía. Al fin me puse a escribir todas las palabras que se me cruzaban por la cabeza, sin ton ni son. Llegué a completar veintiocho hojas y media antes de caer dormido sobre mi escritorio.

Cuando me desperté tenía el cuerpo entumecido y la boca seca. Me sentía horrible: agotado, dolorido, desesperado. Me levanté y mientras juntaba los papeles mis ojos cayeron sobre la última palabra escrita: Celeste. Su nombre, pensé: Clara Celeste Iris Orozco Cruz. Y de pronto sentí que lo tenía: sabía cuáles eran las palabras.

A las doce en punto de la siguiente noche me presenté en la casa de Ágata. Ella había dejado la puerta entreabierta y la empujé con suavidad. La sala estaba apenas iluminada por unas velas. Vi a Clara sentada en el sillón, con los ojos cerrados, ya bajo hipnosis. Ágata me tomó de la mano y me llevó junto a ella. Me indicó que me sentara y luego susurró en mi oído:

—Dispones de cuatro minutos para decir tus palabras.

Inspiré profundamente, pero no podía empezar. ¿Y si no eran las palabras? ¿Y si arruinaba todo? Sentí la presión de la mano de Ágata en mi espalda y me decidí: pronuncié lo que después llamaríamos "La declaración de amor sin 'a'". Es ésta:

—¡Celeste! Créeme: eres el ser que esperé. He de tenerte, Celeste: éste debe ser el mes en que te bese. Sé que me crees nene, mequetrefe. Es menester que me empeñe en defenderme. Créeme: seré el que desees. Seré célebre, perenne, excelente. Celeste, sé que mereces el Edén.

Hice un breve silencio y Ágata me indicó con gestos que siguiera.

—¡Iris, di sí! Difícil fingir, mi lis, difícil fingir sin fin. ¡Di sí! Sin ti, Iris, ni vivir...

Nuevamente me detuve, pero enseguida retomé con ímpetu.

—Oh, sol. Loco por vos, yo pongo todo. Por vos corro ogros, compongo solos, compro oro, soporto bochornos. Por vos, pongo los ojos rojos, choco con motos, voto por locos. Yo por vos lloro, toso, bordo, gozo. Por vos, todo.

Me pareció que se movía y me callé. Ágata me animó a seguir.

—Tú... —empecé.

Pero de pronto sentí que me había bloqueado. Había caído en el abismo de la "u" y no sabía cómo salir. Volví a intentarlo.

—Tú...

Nada. Me había hundido irremediablemente en ese pozo sin fin. La "u" era mi cárcel. Desesperado, hice un último esfuerzo.

—Tú...

En ese momento, Clara abrió los ojos y me miró.

—¿Yo qué, Claudio?

Me quedé mudo. A lo lejos, vi que Ágata sonreía antes de salir de la sala y dejarnos solos. Bueno, solos no: habían vuelto las vocales.

Desde entonces todo anduvo de maravilla. Clara y yo hemos descubierto que somos uno para el otro. Cada día, al despertar, le llamo por teléfono. Hablamos un rato, para confirmar que nuestras palabras gozan de buena salud. Claro que tenemos miedo de que vuelvan a rebelarse, por eso las cuidamos. Fue idea de ella: juntar algunas, las preferidas, y compartirlas. Entre las mías está "murmurar". Me gusta su sonido, como un arrullo en el oído. Clara es más exótica en sus preferencias: "Verdelimón", dijo ayer.

—No existe —le contesté—; son dos: verde y limón.

—Mira: verdelimón. Ya la dije: ahora existe.

Así es ella, un poco despótica con las palabras. Le divierte retorcerlas y acomodarlas a su gusto, como si fueran chicles. A mí me da miedo que se enojen, pero ella se ríe.

En cuanto a ustedes, confío en que no haya más contagios. Pueden, si lo desean, seguir nuestro método y observarlas un poco. Combinarlas de formas raras, cantarlas, saborearlas. Les deseo de corazón que nunca se les rebelen. Porque, además, hay algo que aún no les dije: puede dejar secuelas.

Hasta este momento estuve conteniéndome, pero siento que está por estallar. Me empezó a suceder recientemente: después de tanto estar peleadas mis letras asumieron un extraño comportamiento. De vez en cuando salen juntas y por la fuerza. ¿Cómo explicarles? De pronto, siento una urgencia. Ahora, por ejemplo. No es gradual: me agreden como granadas de granizo. Es como una gran carga y tengo que dejarlas. Les garantizo que no tiene un gramo de gracia: es grotesco. Como si un ogro abriera el grifo y emergieran a granel, en grupos, grandilocuentes, urgiendo ser gritadas. Siento que hablo en griego, que grazno, que gruño. No es agradable: me da migraña y a veces lagrimeo.

Pero luego pasa, ¿ven?, y todo vuelve a la normalidad. Supongo que en un tiempo esto desaparecerá, cuando ellas retomen su relación habitual. Pero en tanto, me genera una cierta inquietud: nunca sé cuándo va a suceder. Por eso mejor me despido. Les reitero mi agradecimiento por su grata y grandiosa atención. Gracias, gracias, gracias, gracias.

Índice

Andrea Ferrari

Cuando tenía nueve años escribí un poema que después olvidé. Y hubiera seguido olvidado de no haber sido por mi mamá, que hace poco lo encontró perdido entre mil papeles viejos y me lo mostró. Les confieso que era bastante feo. Allí yo me preguntaba qué iba a ser cuando fuera grande: las opciones eran bailarina, domadora de leones y escritora. Desde ya les aclaro que para las dos primeras posibilidades nunca mostré muchas aptitudes. Pero la tercera me sorprendió, porque siempre pensé que esto de escribir libros era algo que me había sucedido un poco de casualidad. Y a lo mejor, descubro ahora, yo lo había planeado, sólo que me olvidé.

Es que soy muy distraída y a veces se me olvidan las cosas. Por ejemplo, acabo de acordarme de que esto era una biografía. Entonces tendría que empezar por decir que nací el 13 de diciembre de 1961 en Buenos Aires, que estoy casada y tengo una hija llamada Valeria.

Volviendo al asunto de la vocación, cuando terminé la preparatoria pensé que quería ser traductora y estudié esa carrera. Pero nunca fui traductora de verdad, porque empecé a trabajar en una revista y descubrí que me gustaba más ser periodista. Y a eso me dediqué durante mucho tiempo. Un día, cuando mi hija tenía unos siete años y yo estaba soberanamente aburrida de jugar a ponerle y quitarle la ropa a las Barbies, le sugerí un juego nuevo: escribirnos cuentos. Ella aceptó, porque en esa época aceptaba todas mis sugerencias. Ya no. Bueno, la cuestión es que hizo un cuento sobre patos, focas y leones. El mío, en cambio, hablaba de chicos y le gustó bastante. Después escribí otro. Y luego otro. Así terminé publicando un libro.

Pero como esto es una biografía, no tengo que olvidarme de los datos concretos y decir que, con este, tengo muchos libros publicados, por ejemplo *Las ideas de Lía*, *El complot de Las Flores* y *Café solo* y son todos para chicos o adolescentes. Sigo siendo periodista y trabajo en un periódico. Y además de escribir, me gustan otras cosas: leer, viajar, tomar café, caminar bajo el sol con Ernesto, conversar con Valeria, y el helado de coco, algo bastante difícil de conseguir. El helado de coco, digo, las otras cosas, depende del día.

Aquí acaba este libro
escrito, ilustrado, diseñado, editado, impreso
por personas que aman los libros.
Aquí acaba este libro que tú has leído,
el libro que ya eres.